푸른사상 시선 190

귤과 달과 그토록 많은 날들 속에서

푸른사상 시선 190

귤과 달과 그토록 많은 날들 속에서

인쇄 · 2024년 6월 10일 | 발행 · 2024년 6월 15일

지은이 · 홍순영
펴낸이 · 한봉숙
펴낸곳 · 푸른사상사

주간 · 맹문재 | 편집 · 지순이, 김수란, 노현정 | 마케팅 · 한정규
등록 · 1999년 7월 8일 제2-2876호
주소 · 경기도 파주시 회동길 337-16(서패동 470-6) 푸른사상사
대표전화 · 031) 955-9111(2) | 팩시밀리 · 031) 955-9114
이메일 · prun21c@hanmail.net
홈페이지 · http://www.prun21c.com

ISBN 979-11-308-2150-4   03810
값 12,000원

이 책은 경기도, 경기문화재단의 지원을 받아 발간되었습니다.

푸른사상
시선

190

귤과 달과 그토록 많은
날들 속에서

홍순영 시집

푸른사상
PRUNSASANG

나를 찾아
나의 밖을 떠도는 사람 발등에
누가 씨앗 봉지를 떨구고 갔을까

삐뚤한 이랑마다 그리운 순(筍)이 돋아
안녕,
안녕,

나는 나에게서 멀어지지 않으려고 계속 걸었다.

2024년 6월
홍순영

| 차례 |

■시인의 말

제1부 히비스커스

제2부 석류

제3부　살구

제4부 맨드라미

제1부

히비스커스

히비스커스

모든 피는 흙으로부터 만들어진다는 거

내 피도 태초의 인간과 다를 바 없어서

흙을 밟을 때마다 나는 수혈받는 중이라 생각한다

이국의 태양과 바람과 비를 묻혀 온 꽃잎
따뜻한 물에 노독을 풀어낼 때
우리는 서로의 슬픔을 휘저으며 수혈이 끝나길 기다린다

먼 곳으로부터 당도하는 낡고 빛바랜 이야기

꽃잎도, 지친 눈꺼풀도 눕는다

오늘 나의 혈액형은 히비스커스
둥글고, 시큼하고, 뜨거운 목소리로 뭉쳐진

귤과 달과 그토록 많은 날들 속에서

달을 만질 수 없어서
귤을 만진다

너는 노랗고 둥글다는 이유만으로
내게 와 달이 되고,
나의 손바닥에 붙들린 우주가 되고

이곳에서 차디찬 귤 하나를 들고
너의 이름을 부른다는 상상만으로
나는 둥근 목소리가 되지
허공에 뜬 비상구를 두고
너와 나는 가쁜 숨을 공유하지

달은 나날이 커지고

우리는 분명 저곳으로 사라질 수 있을 거야

분명하고 유쾌한 예언을 품고

하루를 굴리지
애써 말하지 못하는 눈사람이 되지

데구루루 굴러온 귤이 눈앞에 수북이 쌓이고
달은 하나, 둘, 셋……
아아, 이토록 많은 너와 나의 날들이라니

사과는 사과가 아니고, 창문은 창문이 아니어서

낯익은 목소리가 매달린 창문이 열린다

사과 속으로 바람이 불어오고

빗방울이 들이치자 달콤하고 우울한 즙이 만들어진다

사과 속에는 자라다 만 이빨 자국이 있고

새의 울음이 새도 모르게 저장된다

새는 어떤 이유로든 죽어가고 있으므로

노래는 아름답지만, 사과는 안에서부터 부패한다

왼쪽과 오른쪽으로 나뉜 가슴

양쪽의 무게를 알 수 없다는 것이 함정

사과는 자신의 한쪽 가슴을 창밖으로 내어놓는다

빛에 내어준 넓이와 깊이만큼 가슴이 익는다

무르익는다는 것은 정말 좋은 일일까

닫혀 있는 반쪽 가슴이 조금 더 어두워진다

창문은 죽지 않고 낡아갈 뿐이어서

창문틀에는 늘 벌레가 꼬이고

거미줄은 사과 배꼽에서 자란다

창문을 닫는 것은 그 누구의 의무도 아니어서

사과는 밤새 혼자 앓는 소리를 낸다

창문의 역할이란 빛과 어둠을 편식하지 않는 것

착한 식습관이 얼룩진 사과의 얼굴을 만든다

열린 창문은 권태로운 사과의 날개가 되고

사과는 창문 밖으로 뛰어내린다

허공 속에서 사과는 점점 팽창하고 창밖은 모두 사과가 된다

사과 속에서 창문이 닫힌다

안쪽을 기웃거리던 누군가의 그림자가 달라붙은 창문은

사과를 키우던 기억과 목소리를 잃고 잠이 든다

비대해진 사과 속에서 자라다 만 이빨이 한꺼번에 쑤욱 솟는다

파의 국경

내가 만일 흰빛에서 푸른빛으로 건너가는 중이라면
너는 어디쯤에서 날 기다리고 있을까
빛의 세계에도 국경이 있을까
눈을 감는다
있는 국경은 사라지고
없는 그곳이 돋아난다

비밀을 품고 달려온 파
하얀 건반 위에서
파, 가쁜 숨을 토한다.
네가 건반을 누를 때마다 봉긋 솟는 꽃
너와 나의 웃음이 동그랗게 매달렸다

파의 정수리에서 만개하는 우주

들숨과 날숨이 오선지에 매달려 그네를 탄다
파의 씨앗들이 건반 위로 쏟아진다
파! 파! 파! 폭발하는 우주

너는 어떻게 단숨에 그쪽으로 건너갈 수 있었니
벌어지려는 파의 입술을 문 채
한 겹 껍질을 벗긴다

파는 비밀 같은 비늘이 많고
누군가는 상처를 싸맨 흔적이라는데
또 한 겹을 벗겨내면
어디쯤에서 벼려진 칼날이 이리 푸를까

아무리 벗겨도 너에게로 가는 길 보이지 않고
매운 내만 내 곁에 자욱한데
너는 어디쯤 오고 있니
안개 자욱한 국경에서 나 헤매는데

눈을 감은 채 파를 자른다
파의 국경을

카오스 옆집에는 코스모스가 산다

경사진 밭 가득, 잡초 이름이 피어 있었다
개망초와 바랭이, 방동사니 곁으로 박주가리가, 환삼덩굴
과 칡넝쿨이

친애하지 않는 것들의 목록이 길고 또 길었다

사람들이 길을 찾아 거리를 헤맬 때마다
잡초들은 몰래 그 길들을 훔쳐왔을까
일주일 새 너무 많은 길들이 우르르 피었고
사람의 길은 다 지워졌다

내 길은 어디 가서 찾아야 하지

나도 그들 이름을 지워버렸다
때로 지워야 보이는 것들이 있으니까

이름표를 잃어버리자 알 수 없는 물고기가 된 것처럼*
그곳엔 이름 없는 풀로 태어난 풀만 남았다

길이 지워져도 아주 사라진 건 아니라는 듯
바람 불 때마다 풀은
길을 꺼내놨다 얼른 뒤로 감추곤 했다

길을 잘못 든 섬서구메뚜기 방향을 가늠하고
하늘이 지워버린 구름 찾느라 사마귀는 허리를 꺾는데

풀의 이름도, 길도 사라진 곳에 피어난
한 무더기 붉고 흰 우주
정수리를 건드리는 잠자리 날개

내 발은 어느새 코스모스 쪽으로 방향을 틀고

* 룰루 밀러, 『물고기는 존재하지 않는다』에서 차용.

나는 아직도 사람이어서

신부님은 말씀하셨지
우리가 바다를 건너지 못하는 이유는
자신이 아직도 사람이라 믿기 때문이라고

신이 되지 못한 우리는 호숫가를 산책한다

들어올래?
자맥질하던 새들이 문을 열어줬지만
우리는 회전문 입구에서 자꾸 쓰러지고
칼날처럼 우리 사이에 스며든 물이 어느샌가 넘쳤고
일부는 얼어갔다

살얼음 낀 자리가 마침내 우리의 경계

활짝 열린 결빙의 세계가 내 눈을 멀게 한다
나는 뒤뚱뒤뚱 불안을 짚으며 나아간다

앞에는 자신이 딛고 선 바닥 온도를 체감하려는 듯

요지부동인 발이 있었고

얼지 않는 새의 일생이 그 곁에서 잠깐 쉬고 있었는데

우리는 경직된 시간을 싫어해서

우리는 매일 쪼개지고

새가 솟구칠 때마다 쏟아지는 포말 아래

얼음 속 슬픔의 뿌리를 풀어주고 있는 붉은 발목 서넛

해빙의 바람이 건너올 때 너는 해방되고 있었나

나는 헤엄치는 너의 곁으로 미끄러진다

나는 아직도 사람이어서

밤마다 새를 보내는 남자

밤은 밤의 목소리로 운다

낮에 자신이 채집한 새의 울음을
밤에 보내주는 남자가 있다

밤에 듣는 새의 안부
한낮의 새의 기분이 핀다

눈뜬 꽃처럼 반짝이는 깃털과 부리들

그는 왜 밤마다 내게 새를 날려보내는 걸까

내가 만나지 못한 새는
어둠 속에서 날개를 퍼덕이며
먹이를 찾는다

나는 허둥대며 나의 밤을 내어놓고
고 예쁜 부리가 밤새 나를 까먹는 것을 바라본다

자신의 먹이를 놓치고 희미해지는 밤

테이블엔 울음 잃은 밤새의 깃털 하나

낮은 낮의 목소리로 운다

새를 찾으러 갔다

새는 사이에 산다고 한다

너와 나의 늑골 사이에
너의 눈썹과 눈썹 사이에
책장 속, 나무들 사이에

외투 속에서 새의 울음소리가 들린다

지난 계절, 너의 늑골에 들어앉은 새
풍경이 될 수 없는,
아무에게도 보이지 않는 그림

새의 부리로 쓴 편지는
심장 위에 떨군 점자처럼 불규칙하다

새를 찾아 저수지를 찾는 발걸음만큼
깃털 수는 늘어나고

외투를 벗자 우수수 떨어지는 울음
메마른 깃털 위에 모자를 씌워준다
모자 아래로 흐르는 검은 눈동자
서랍 속에 고인다

한때, 너와 내가 함께 바라본 새는
손과 손 사이, 아스라이 빚어내던 한 마리 새는
시간의 틈새에서 고개를 갸웃거리던 새는

멀어진 우리 사이에 아직도 산다고 한다

사과는 먹을 만하던가요

사과를 깎는 중이었어요
끊김 없이 껍질을 벗기려 애쓰는 중이었는데

모새* 반짝이듯 건너오는 살빛
껍질을 벗기다 말고 속살에 빠져듭니다
붉은빛에 끌린 줄 알았더니
살의 냄새였네요

껍질을 밀어내던 손이 급해집니다
사과는 조금씩 날아가고요
문득 껍질에 붙은 살 쪽으로 마음 기울어
거기 오래 머물렀지요

사과는, 나를 기다릴 마음 있는 걸까요

우리는 서로의 골목을 기웃거립니다

껍질이 깎여 나간 쪽으로 그늘 들어섭니다

남은 껍질을 다시 벗겨야 할까요
단내를 풍기지만 아직 맛보지 못한 속내를
눈감고 먹어도 될까요

삼키고 나면 내 안이 온통 캄캄해질 듯한데
다 먹고 나면 당신이 이렇게 물을까 봐

그 사과는 먹을 만하던가요

* 몹시 잘고 보드라운 모래.

껍질

단번에 벗겨낼 수 있는 결심은 금세 무색해지는 낯빛

흙당근을 벗긴다 붉은 양파를 벗기고 감자의 누런 낯빛을
벗긴다 생선 비늘과 바나나를 벗기고 달걀 껍질을 벗긴다

흙이 쏟아지고 두터운 얼굴이 찢어지고 눈구멍 하나가 도
려져 나가는 동안
한쪽에서 얼었다 녹은 표정이 흘러내렸다

벗겨도, 긁어도, 끝까지 남는 것이 하나쯤 있었다

벗겨진 껍질들은 헤어질 만하고, 잊혀질 만하고
가끔은 도망갈 결심으로 뭉쳐진다

껍질을 벗은 것들은 시곗바늘을 쫓아간다
그들은 결국 한곳에서 만날 것이다

껍질은 쌓이고, 쌓인 것들은 한쪽으로 밀려난다

한 방향으로 몰려가던 것들이 한구석으로 밀려났다

수북한 껍질들의 향연

흙과 바다와 바람의 피냄새가 섞인 출구

피, 한참을 떠밀려온 것에서도 아직 그 냄새가 났다

피클 레시피

길 하나 정도는 감추어도 좋아
그래도 누군가는 길 냄새를 맡을 것이다

뿌리 속을 헤집어보면
붉은 흙이 메마른 핏자국처럼 묻어 나올 것이다.
우르르 도망치는 개미들과
잎마다 창을 뚫어놓은 벌레들 밑으로

흙도 어디론가 흘러가고 싶었을까
힘껏 몸을 일으키던 뿌리들의
발끝에서 흐르던 피
가까우면서도 먼 곳으로부터 흘러와
모르는 척 섞이던

내일이면 모든 게 괜찮아질 거야
일주일 뒤면 향기로워질 거야

잘려 나간 기억 모서리마다

너는 습관적으로 설탕을 뿌려댔고
그런 기억이 상하지 않도록
나는 매일 소금을 얹어놓았지
막 썩어가려는 장미의 시큼한 눈물도 한방울

함께 병을 앓지 못하는
오이, 양파, 비트 조각들이 시무룩해지는 오후
엇갈리며 쌓은 기억들 위로
새콤달콤 기포가 끓어오르고
햇살은 회전열차처럼 유리병을 빠져나간다

피로 메꿔지는 상실에서 맛보는 향기라니
부활은 너무도 상큼하구나
찢어지는 여름을 견디기에 충분하겠구나

페트라*를 넘어 온 장밋빛 뱀에게

　지금 이곳에 내리는 눈은 내가 가보지 못한 페트라 시크를 적시지 못합니다

　나는 모니터 속, 붉은 암벽 사이 틈을 들여다보고 있어요 이 끝에 고대 도시가 누워 있다는군요 내가 그 틈과 틈을 빠져나가는 사람들 그림자를 쫓는 동안, 암벽은 장밋빛 숨결을 뿜어내고
　협곡 사이를 빠져나온 뱀이 발밑을 빠져나가는 것을 사람들은 눈치채지 못합니다

　여기서 당신을 바라보는 것과 노을을 지나 당신에게 건너가는 것은 저 협곡처럼 가파른 황홀이라 중얼거릴 때
　입속 말들은 비밀처럼 미끄러지고

　페트라 시크를 빠져나온 뱀이 어느새 이곳을 넘어가고 있는 걸까요
　습관적인 기도문처럼 쌓이는 눈을 어깨에 걸친 성곽은 백사(白蛇) 등어리처럼 나의 어둠을 감아 돌고

눈이 쌓일수록 뱀의 입속으로 슬픔의 이슬 고이는데 나는
겁은커녕, 왜 자꾸 그 등에 올라타고만 싶은지요

질문 앞에서도 뜨거워지지 않는 심장을 물고 뱀이 눈 속
에서 몸을 비틉니다
굵은 허리가 점차 가늘어지고 꼬리는 묵은 이별처럼 점점
이 흩어지네요

설야의 화성행궁 마당에는 누군가 떨어뜨린 초대장이 놓
여 있고

나는 모니터 속, 깜박이는 눈을 걸어 잠그고 내일은 어쩌
면 낯선 페트라 시크를 걷고 있을지도 모를 일입니다 홀로
앓는 검은 눈물을 버려둔 채

* 요르단 남부의 고대 유적지.

구름의 시간

구름을 이해하려고 구름을 모으기 시작했어

매일 바뀌는 감정에 대해
수시로 변하는 기류에 대해
흩어지는 표정에 대해
좀 더 깊어지려고

누군가는 바람 때문이라 하고
누군가는 물기 때문이라 하고

어느 날은 아침부터 피어난 먹구름을 모아
냄비가 다 타도록 끓였지

끓이면 사라지는 것들이 있다는 것을 믿고 싶어서

가끔 구름 속으로 들어가고 싶은 것은 나 혼자만일까

점, 점, 마음을 떼버리다

거짓말처럼 한 번씩 하늘에 이마를 부딪치곤 해

형태를 모으다 몸을 버린 것처럼
색채를 모으다 마음을 버린 것처럼
텅 빈 하늘이라니

구름이 아주 멀리 가지는 않을 거야
구름은 내 곁에서 맴도는 걸 좋아하니까
그렇게 오늘의 구름을 오독하다가

한 번씩 거짓말처럼
텅 빈 묵음(默吟)을 만난다

구름 너머는 얼마나 먼가, 생각할 때
어디선가 목화처럼 피어나는 구름의 시간

덜컥, 묵음의 입술 열리고

목화송이 툭, 떨어지고

공기뿌리

들숨은 모두 내 것이 될 수 있다는 착각으로
허공 속에서 헤엄친다
소리 없이 뻗어가는 지느러미들

방향을 가늠할 수 없어 쏟아지는 웃음
소리를 내면
보이지 않던 것들이 갑자기 보일 것 같아

자리를 조금씩 넓혀 앉는다면
너와 나의 통증도 멀어질 수 있을까

엉킨 가슴을 뒤적여 깨끗한 맨발을 꺼낸다
허공에 묶는 날숨

땅속 어둠을 버리고 빛 쪽으로
딸려 나오는 나
나였니?
너는, 아직 거기 있니?

아득한 불안이 철썩, 밀려온다

물기 있는 곳으로 헤엄쳐 가는 뿌리들
아직은 이쪽도 저쪽도 버리지 못한

헤어지는 맛에 길들 때까지
우리 뻗은 손과 발을 거두지 말자

구름의 목에 밧줄을 걸고

1

구름의 목에 밧줄을 걸자 구름에게서 양 울음이 새어 나왔다

저건 내 울음소리가 아냐

고개를 돌려 나무 둥치 쪽을 내려다보았다 나무 속에서 나이테들이 맴맴, 원을 돌고 있었다 나이테들은 밖으로 튀어나와 내게 줄넘기를 하자고 했다

난 그럴 기분이 아니야

어떤 줄 하나가 나를 늘였다 줄였다 하면서 가지를 끌어당겼다 나는 짐짓 줄을 무시하고 혼잣말을 중얼거리며 걸었다

한참을 걸어와서야 내가 흘린 말들이 나무에 그네를 매고 있는 것을 보았다 줄을 잡아당기면 줄은 그네가 되지 못하고 그냥 줄로 스러질 것이다

그래도 괜찮겠어?

줄이 미끄러져 내리며 미로 속으로 나를 밀어넣었다 아늑
했다 나는 줄을 바짝 끌어당겨 나를 감았다

고치가 되고 싶은 거야?

줄은 달아나려는 양을 나이테 속에 밀어넣고 그네가 되려
던 말들로 울음을 막았다 울지 못하는 양옆에서 고요가 쌔
근쌔근 숨쉬기 시작했다

2

줄을 텅 빈 하늘에 던지자 좀체 얼굴을 보여주지 않던 신
이 고개를 내밀었다.

당신, 보이지 않는 손의 권위는 언제까지 무궁할 예정인
가요?
당신은 혹, 사디스트가 아닐까 하는 의심 오래되었어요

줄을 잡은 쪽이 주도권이 있는 건가요?

줄을 끊어주심 안 되나요?

제가 먼저 줄을 잡아당기면, 당신은 기꺼이 무릎을 접고
살 수 있나요?

우리 줄다리기를 해볼까요?

당신은 그곳에서 내려와, 나는 당신이 있는 그곳으로 올
라가

흥미진진하군요

무대에 선 이 기분, 좀체 잊히지 않을 것 같아요

무대에서 내려온 뒤에도 우리, 마음의 잔상을 토로하기로
해요

우리는 아마도 고요의 배냇짓을 볼 수 있을 거예요

달을 만질 수 없어서 꿈을 만진다 나는 노랗고 둥글다는 이유만으

고, 나의 손바닥에 붙들린 우주가 되고 이곳에서 차더찬 굴 하

제2부

석류

침대 오디세이

　살아서 넘긴 또 하나의 파도 위에서 침대는 여전히 흔들
렸다
　멀리 떠나고 싶었지만 늘 묶여 있었고, 어느새 멀리 떠내
려왔지만 아직도 항해 중인 오늘의 침대 위, 나는 삼가야 할
것이 많다

　욕망을 금식하고 미련과 집착을, 원망을 금식하라는 명령

　더 이상 불행을 모르고,
　손에 꽃을 쥔 채 물 위에 떠 있던 오필리아여
　나는 살아 있다
　울먹이는 말들로 잔물결 치는 침대 위에

　엄마, 살아나줘서 정말 고마워
　내가 엄마 사랑하는 거 알지
　조금만 참아요 이제 다 지나갔어
　감사해요 정말, 살아나줘서

나는 살아 있다
욕설이 바늘처럼 솟아난 응급실 침대 위에

시펄, 도대체 술을 얼마나 처먹은 거야
내가 더 이상 술 먹지 말라고 했지
아버지가 엄마 술 마시고 이렇게 누워 있는 거 알아?
전화도 안 했지? 그럴 줄 알았어, 도대체 왜 그러는 거야
왜!

나는 살아 있다
똥 기저귀를 치워낸 침대 위 물컹거리는 냄새에 섞여

아버지, 죽 먹고 있는데 똥을 싸대면 어쩌라는 거야
딸이 겨우 한 끼 먹겠다는데 그것도 못 참아
그것도 못 참냐구
엉덩이 좀 들어봐, 어이구 내 팔자야

물 위의 침대는 나를 어디로 데려가려는가

나는 아직 이렇게 살아 있는데

창밖 앙상한 나뭇가지에서 뿌옇게 돋는 비린내
살아 있는 것들이 뿜는 날내 속에 침대는 멀미를 한다

떴다 감았다 하는 눈꺼풀 사이로 새가 숨는다

시든 꽃은 늑골 사이를 헤엄쳐 하류로 흘러가는 중

벚꽃잎이 흘러간 쪽으로 눕다

이별을 품은 연인 얼굴로
봄비 느닷없이 들이닥쳐서
문 연 지 채 열흘도 되지 않은 벚나무들은 파장 직전입니다

몸도 성치 않은 할머니가 왜 이런 날 혼자 공원에 나왔을
까요?

오늘 아니면 벚꽃 못 보고 갈까 봐 그랬겠지요

떠나지 않는 것이 아니라
떠나지 못해 멈춘, 사람 등이 비에 흠뻑 젖어가는데
벚꽃잎이 그 야윈 등을 덮어주는데
투명하던 꽃의 뺨이 어둑해집니다

봄꽃들은 마지막을 생각하는 사람 얼굴 같았지요

어쩌면 다시는 이곳으로 돌아오지 않겠다며 나선 발걸음
일지도 모릅니다

봄은 꽃도, 사람도, 모두 데리고 떠나려는 피리 부는 아저
씨일까요

사람도 피고 지는 꽃처럼 아름답다*는 말을 당신은 믿을
수 있는지요

뜨겁고도 차가운 날들, 봄의 노선은 짧기만 하고
봄이 다 지도록 끝내 떠나지 못한 사람이 슬퍼서
벚꽃잎이 흘러간 쪽으로 돌아눕습니다

먼 곳에서 가물가물, 피리 부는 소리

돌아갈까, 말까 하는
봄의 종점입니다

* 김윤아, 〈봄날은 간다〉 노랫말.

해설(解雪)

삶과 죽음, 모두 급경사였던 아버지

그와의 불화 이후, 사내는 모퉁이를 돌아설 때마다 마지막 인사를 했지만

작별은 꼬리를 숨긴 한숨 같은 것

몇 년 만에 찾아든 길은 기억을 더듬는 가파른 능선이었다

봉안묘로 전환 중인 공원묘지, 그것은

흙집에서 돌집으로 이사하거나 흔적 없이 거주불명자가 되는 일

다 썩었는가 죽음이여, 이제 이사 가자

흩어진 영혼은 자신의 새집을 찾아들 수 있을까

사내가 헐떡이며 봉분 뒤에 섰을 때 늘어난 빈집들 사이에서 아버지는 이방인처럼 보였다 마지못해 그가 손을 내밀었을 때 잔설(殘雪)이 마지막 악수인 듯 아버지 손을 그러잡

고 있었다 한동안 산바람과 햇살을 쓸어내리던 사내가 산에
서 내려올 때쯤엔 어느 쪽 손이랄 것 없이 하나가 되어 다만
축축하였다

폐(廢)와 폐(肺)는 서로를 끌어안고

대로변에 폐(廢)가 즐비하다
폐는 폐를 몰고 온다
폐가 눈 깜짝할 새 자신의 일가를 이룬다
폐가 모여 있는 이곳, 바람소리가 들리지 않니

폐의 성을 가진 것이 왜 이리 많나
폐가 적재된 집하장 위에서 먹구름은 출산한다
폐가, 폐공장, 폐교, 폐휴지, 폐차장, 폐인을

누군가 한구석에 침을 뱉으며 지나가고
폐는 미처 탯줄을 끊지도 못한 채 구겨지고 압착된다

어둠의 실밥을 물고 어디론가 빠져나가는 웃음소리, 달그
락거리는 냉기, 쉴 새 없이 꺾이던 관절들, 파열음에 먹힌
바퀴들
  집과 운동장, 공장과 심장 공터로 밀려드는 바람, 목덜미
에 엉키는 휴지들

들숨과 날숨은 어제와 다름없는데 한쪽 문이 닫힌 이 기분

가슴 우리 안에서 나뭇잎들은 불안을 매단 채 속삭인다
우리는 언제쯤 폐(廢)의 숲을 빠져나갈 수 있을까

바람은 입술 위에서 춤을 추며
파, 푸, 폐, 파, 폐, 푸……

몰려오는 폐(廢)를 향해 천천히 열리는 너의 가슴

폐(廢)와 폐(肺)는 서로를 끌어안고

폐(廢)가 더 이상 떨지 않게

고요히 닫히는 가슴 우리 안에서 너와 나는

쓸모 있는 사물이 되려고

사물의 용도는 최근 들어 후천적이라
우리는 굳이 최초를 찾지 않아요

제대로 재활용되기 위해
내용물을 깨끗이 비워야 하는데요
알려주세요
지워야 하는 표정과 장소와 머무른 시간을
행적을 모르도록 몇 번 더 헹궈지는 것이 좋다지만
냄새는 시간의 손에 맡기도록 합니다

중요한 것은 라벨과의 관계
아무도 불러주지 않는 이름처럼이나
너무 아름다운 이름에는 점성이 없어
포옹은 자꾸 미끄러지고, 어긋납니다

적당한 접착력이 밝은 미래를 선물한다는 걸 기억해요
배후를 짐작 못 한 누군가 독한 입담을 쏟아부을 때
창백해진 라벨은 악수를 놓지 않는 손에 당황합니다

후일담을 막으려면 끝까지 남으려는 입을 제거해야지요
압착은 페트병을 사랑하는 방식입니다

분리수거함에 제때 들어가지 못해도
괜찮아요, 우리는 최선을 다해 분리되려고 합니다
어디엔가 밀착했다, 분류되고, 제거되는 그것은 우리의
일상

친밀한 관계에서 떨어져 나온 것들은 모두 고아 같아서
우리는 옹송거리며 모여 있습니다

재활용 가능한, 쓸모 있는 사물이 되려고
우리는 자주, 더 쉬운 이별을 연습 중입니다

신세계는 종종 가까운 곳에서 출몰합니다

모과나무 후문(後聞)

식탁 위에는 한 그루 모과

모과에선 여직원들이 마시던 커피향이 난다
떠나온 고향인 듯 등을 기대던 여자의 체취도
가을이면 서로 예쁜 모과를 얻으려 높이뛰기하던
여자들 웃음소리도 들렸었는데

마스크 속에서 수다도, 웃음도 수척해질 때
어디선가 계절을 훔친 불안 움트고
악취 나는 소문, 회사에 유령처럼 떠돌았다지

굳어지는 얼굴 바라보던 모과나무
익숙한 얼굴이 굴착기로 소나무며, 향나무, 단풍을 훔치고
나무를 붙들던 흙들마저 밀쳐내며 급히 떠날 때
모든 것을 목격한 모과는 순간 뛰어내렸다지
같은 흙냄새를 맡던 몸들이 엉켜 멀어지는 것을 돌아보
느라

넘어지며, 한참을 굴렀다 했지

멍을 문지르며 피워내는 하루의 향(香)
매일매일 피어나는 저승꽃

마침내 만개한 꽃으로 피안(彼岸)을 걷는
한 그루 모과

태어날 때부터 잉여입니다만

겨우 태어나긴 했는데 나자마자 잉여랍니다

나를 버리고 간 주인 때문에 밤새 빈 밭에서 뒹굴었지요

주연들이 떠난 자리는 고요하기만 하고
밤새 고라니 울음만 내 안에 쌓입니다

왠지 내 몸 어딘가에서 물컹한 것들이 새어 나오는 기분

나는 한때 매달려 있던 줄기 밑에 숨어 바라봅니다
울퉁불퉁하던 흙의 어깨가 허물어지는 것을
굵어지는 빗소리가 눈앞에서 절벽을 세우는 것을

너무 작아서 나는 잉여랍니다
울퉁불퉁해서, 상처 나서, 벌레 먹어서
한 줄기에 매달렸어도 쓸모 없는 생각에 붙들려 있느라
나는 잉여로 영글었습니다만

이 밤을 건너면
나를 번쩍 안아 데려갈 목소리가 내 쪽으로 걸어올까요

어, 여기 감자가 또 있었네
하마터면 버릴 뻔했잖아
이 정도면 괜찮지, 조려 먹음 되지, 도려내면 되지
속까지 썩지만 않았으면

몸속을 맴돌던 잉여의 동그라미가 고랑으로 떨어집니다

명랑한 낙하, 낙화입니다

잉여가 사라진 감자 한 알 남았습니다만

조금씩 보송해지려고 합니다만

염소의 사원

허공에서 흔들리지 않는 두 손은 때로, 다리가 되기도 하지

절벽을 타는 것은 나의 유일한 취미

타면 탈수록, 아침마다 벽은 방향도 없이 솟아나고
나의 뿔도 어제와는 다른 방향으로 좀 삐딱해진다

오늘 나의 일력(日力)은 보도블록 사이 잡초를 뽑는 것
그것은 내가 풀뿌리까지 먹어치운다는 것을 아는 스님의
혜안(慧眼)

태양을 뒤집어쓰고 풀을 뜯는다

나의 모퉁이 어디에서 태어난 틈이었을까
언제, 어디서 날아온 씨앗이었을까
긴 혀가 배후를 탐색하지만
풀은 자신의 발톱을 좀체 보여주지 않는다

한때 나의 뿔과 발굽을 단단하게 해주던 풀

몇 개 남지 않은 이빨로 뜨거운 피가 흐르는 풀을 물어뜯는다

오기로 단단해진 발굽 아래, 풀들이 내지르는 푸른 단말마

대웅전 쪽으로 길게 뻗은 보도블록은 나보다 먼저 극락에 들겠구나

끝내 보여주지 않는 얼굴을 절벽으로 밀어붙인다

수북이 쌓인 풀의 잔해가 더운 숨을 뱉어낸다

어느 섬에서는 아직도 젊은 염소들이 태양을 핥으며 혓바닥 절벽 끝에 돌올한 사원을 짓고 있다고 한다

노을 질 때마다 꽃잎 떨어지는 사원을

설염(舌炎)

누군가 홀로 시소에 앉아
신발로 모래알만 문지르다 어둑해서야 돌아갔다

혼잣말을 해독하는 어둠 속
피어나는 착란(錯亂)

저 혼자 부풀어 올랐던 꽃잎이
아무도 없는 운동장에
게으른 하품을 하며 진다

꽃이 진 아침이 되어서야
빗물이 고일 만한 웅덩이가 한두 군데 생긴 걸 발견했다

며칠 지나면 또 누군가
흙이 잔뜩 묻은 발로 반쯤 묻힌 타이어를 몇 번 차고는
아무 일 없었다는 듯 이내 돌아갈 것이다

말(言)들이 뛰어노는 운동장

혀는 꽃잎이 떨어져 내리는 쪽을
자꾸만 더듬는다

입속에 선인장을 키웠다

쓸모없는 사계절을 유리창에 묻었다
햇살만 좀비처럼 유리창에 달라붙었다 쓰러지고

선인장을 키웠다
여자의 동굴처럼 따뜻한 입속,
핑크빛 조명 아래 무성한 가시의 순(筍)

내 몸에서 나온 것들은 다 사랑스럽다는 맹신(盲信)

가시는 모두 딱딱할 것이란 편견을 씹으면
목넘김이 부드러운 말들만 남고

집 안의 화초들이 위로만 솟구치던 걸 기억했어야 했는데

온종일 입을 벌리고 있으면
삼킬 수 있는 말들이 떠돌다 인사 없이 나가버리곤 했다

처음에는 순한 살성이었을,

뿔이 되려는 가시의 머리 위에
오늘의 자음과 모음을 얹는다

입천장에 선인장의 머리가 와 박힌다
입을 닫고 웃는다
머리 위로 피어나는 한 다발 말꽃
너의 심장에 심는다

침묵의 봄*

누군가 말했다
난생처음 맛보는 봄이야

신호등이 바뀌고
교차로를 지날 때마다
흔들리는 눈들 걸어와 벚꽃처럼 사방에 흩날렸다
반가운 손들도 피었다 이내 지곤 했다

비명도 없이 베어진 봄꽃들, 후문이 무성할 때
연필심처럼 검고 날카로운 불안을 입고
내밀한 언어들이 진화하기 시작했다

불길한 예감을 참을 수 없다는 듯
밤새 뒤척이며 조금씩 휘발되던 봄

그 무거운 방
안에서도, 밖에서도
침묵의 비등점이 새로 만들어지는 동안

봄이 길러낸 것은

칡넝쿨처럼 질긴 손톱

폭우처럼

폭염처럼

우리를 덮쳐버린 침묵의

* 레이첼 카슨 저서 제목 차용.

검은 사람, 흰 마스크

콩테로 그린 검은 사람들이 벽 속에서 술렁인다
모자 속에 감춰진 검은 눈이 흔들린다
검은 손가락이 나를 가리킨다
검은 신발이 내 쪽으로 움직인다
검은 무리가 일제히 내게로 걸어온다
그들은 달아나려는 내 팔목을 붙잡고
굽은 허리를 더 굽히며, 검은 비말(飛沫)을 내게 쏟아낸다
나는 미처 마스크를 쓰지 못했다

나의 흰 마스크, 마스크가 어디 있지?

저들에게서 비루함과 쇠락의 재가 들러붙지 않도록,
검은 재가 나로 변하기 전에 어서,
달아나야 한다
영원히 낡지도 않는 검정은
모든 색을 빨아들인 그것은
뿌리치고 싶은
도망치고 싶은

벗어버리고 싶은 외투
나는 달아난다
마스크를 쓰는 둥, 마는 둥
검은 손을 뿌리치고 달린다
섬에게서 달아나
캄캄한 또 하나의 섬이 된다

멀리서 보면 흰 마스크로 가득한 섬,
너무 환해서 캄캄하다

파과(破果)

낙타 혹처럼 솟아오른 상자와 잡동사니에 가려 보이지 않
던 그녀는 내가 리어카를 앞질렀을 때 불쑥, 녹슨 호미 같은
얼굴을 내밀었다

불현듯 너무 빠르거나, 너무 긴 유효기한에 대한 의심으
로 농익는 오후

차량 소음을 차며, 바닥을 밀치며, 분명 앞으로 내닫는 걸
음인데 그녀 한구석이 물크러진 듯, 도로 위 시큼한 그림자
움직이지 않는다

석류

닭갈빗집을 운영하는 김사장
한쪽 눈이 숯불에 하도 많이 드러나 상해간다고 한다
숯불이 자신의 눈동자를 조금씩 파먹는다고
그럼에도 이 일을 멈출 수 없다는 남자의 눈에서
석류알이 쏟아졌다

숯불로 고기 구워내는 일이 뭐 대단한 일이라고
자신의 눈동자를 내준단 말인가

한 번도 내 전부를 꺼내놓지 못한 나는
석류를 손에 쥐고
전전긍긍

붉은 피톨들이 왈칵, 내 앞에 쏟아진다

2분

뒤차가 안 쫓아오니—거리가 너무 벌어지지 않게—다음 정류장에서 **2분**간만 정차하겠다는 안내 방송 후, 운전기사는 차에서 내려 이내 담배를 입에 물었다

폭염이 차를 마구 두드렸지만 아무도 항의하지 않았다 다들 창밖을 내다보거나 휴대폰을 들여다보며 익숙한 듯 낯선 **2분**이 무사히 지나가는 것을 기다려줬다 한낮의 공허가 달궈진 유리창 속으로 스며드는 것을 바라보며 나는 입속으로 초를 셌다 내가 미처 120초를 다 세기도 전, 엔진 소음 속으로 **2분**이 뛰어들었나? 기사는 담뱃불을 발로 짓이기더니 다시금 달렸다

내가 알고 있는 **2분**은 도착하지도 않고, 미리 건너간 것도 아닌데 **2분**을 남겨두고, **2분**만 남겨놓고, **2분**을 못 본 척, 그 정류장에 두고 버스는 달아났다 내가 못 만난 **2분**이 이내 쫓아올 것 같아서, **2분**이 되지 못한 **2분**이 숨차게 버스 뒤를 쫓아올까 봐, 나는 자꾸자꾸 뒤를 돌아보고, 미처 승차하지 못한 **2분**이 흘리는 땀과 침을 눈으로 훔치며 **2분**에게서 조금씩 멀어졌다

달을 만질 수 없어서 귤을 만진다 나는 노랗고 동글다는 이유만으로

, 나의 손바닥에 봉들권 우주가 되고 이곳에서 차디찬 귤 하나

, 나는 노랗고 동글다는 이유만으로

제3부

살구

는 가쁜 숨을 공유하지 많은 나날이 나날이 키시고 우리는 분명 지긋으로 사라질 수 있을 거야 분명하고 예인을 품고 하루를

하지 못하는 눈사람이 되지 태구루루 굴러온 귤이 눈앞에 쌓이고 많은 하나, 둘, 셋...... 아아, 이토록 많은 나와 나의 날들이

풀로 빈 땅을 덮어줄 때

감자가 누웠던 자리마다
빈 자궁이 들썩이네
썰물에 젖은 모래알처럼 훌쩍이며 무너지네

쓰다 남은 빛이 그 눈물 닦아줄 때
너의 손엔 무엇이 들려 있었나

서늘히 식어가는 몸에
개망초 허리 베어 덮어준다

안녕,
텅 빈 고요 속에 일렁이는 얼굴이여
아직 도착하지 않은 숨결이여

상추 아래 무릎을 꿇고

봄, 여름 내내 상추를 따 먹었지요
그동안 상추를 앉은뱅이로만 알았지 뭐예요

따고 또 따도, 한 번도 상처받지 않은 것처럼
새잎을 밀어내는 상추 때문에
나, 사실 상처 받았어요

끝까지 가보겠다는 듯
땀을 뻘뻘 흘리며 꽃대 올리는 상추를 보고
나, 눈물 났다니까요

상추꽃이 하나둘 작은 입들을 벌렸다 오므리면
상추 주변으로 노을이 펴요

이제 나의 숙제만 남았어요
씨앗 받는 일

두 손을 깨끗이 씻어야겠어요

이처럼 거룩한 생을,

제가 언제 또 받아 안아보겠어요

펄펄 끓는 태양 아래 무릎을 꿇고

오늘, 상추의 온 생애를

두 손으로 받아 모셔요

처음이며 끝인

신발은 어디에서 걸어왔을까
누가 내게 이 신발을 신겨주었지

아무에게도 말하지 않고 옥수수밭으로 건너왔네
옥수수는 창문이 많아
창을 하나씩 열다 보면 하루가 다 갈 것 같았지

거친 얼굴들이 유리창을 두드리다 우르르 몰려간 나날이
었어
사나운 이빨만 촘촘하던 계절은 이제 문을 닫은 걸까

구름은 찢어진 옷소매들을 하나둘 끌어모으고
들개 같은 외투*를 걸친 채
알알이 짓무른 눈동자들만 빠끔히 창밖을 내다보네
공포와도, 슬픔과도 무관한
텅 빈 눈빛 스민 창가, 창틀은 삭아가고

돌아서려는데, 발목을 적시는 물기에
옥수수 맨발을 보았지

발가락이 그물이 될 수도 있구나
지느러미를 튕기며 달아나려는 흙
나는 그물을 힘껏 당기다 이내 놓아버렸네

마지막 인사로는 너무 가벼웠을까
눕다시피 한 옥수숫대 등을 한 번 쓸어주었네
내가 할 수 있는 건 그것뿐
옥수숫대는 몇 번의 낫질로 베어냈으나
옥수수 맨발은, 거기 매달린 흙의 눈동자들은
빈 언덕에 두고 왔네

아, 귀환을 꿈꾸는 발들이여
처음이며 끝인 발들이여
신발을 챙겨 내가 나에게로 돌아오는 동안
그것들은 좀 더 삭도록 바람에게 맡겨두었네
구름 옷소매를 걸친 바람은
끝내 내가 알 수 없는 신화였기에

* 허수경의 시 「늙은 들개 같은 외투를 입고」에서 차용.

감자

만일 네가 감자에 대해 쓰려고 한다면, 너는 몇 개의 씨눈을 품고 쪼개지는 마음부터 떠올려야 할 거야 하나였는데 반으로, 또 반으로 나뉜다는 것

씨눈이 싹트리라는 예감을 어디쯤에서 똑같이 나눠 가질수 있을까

곤히 잠들었던 씨눈을 깨우려는 조바심 뒤척인다 매일 조금씩 커지는 눈동자 속에 일렁이는 잎사귀와 감자꽃, 불안을 벗은 씨눈이 기지개를 켠다

깨어난 씨눈은 흙 속에 묻어두고, 우리는 '마냥'이라는 구름을 기다려

굳은 흙을 밀어 올리는 새싹 이마에 땀이 맺히고

흙 속에서 둥글게 살이 오르는 것들을 생각해
어떤 포옹이 저 두터운 어둠 속에서 감자를 저리 둥그렇

게 여몄을까

둥그레지고 싶은 마음은 감자에게서 건너왔구나

누운 잎들을 걷어내고 제멋대로 둥그레진 마음을 캐낸다
토실하게 잘 익은 마음을

2

감자는 단단해야지
습기 많은 것들은 쉽게 상하지, 이렇게 말하면
축축한 입술 가진 감자 입은 바짝 마르고

단단한 감자마다 뭉쳐진 기억
땀에 젖은 이야기들이 날아간다

감자꽃 피자마자 다 따버린 사람들
식탁 위에서 무럭무럭 감자 얼굴로 피어나는데

씨눈마다 깨어나느라 맺힌 눈물
사람들은 눈치챘을까

씨눈에서 싹이 나고 잎이 나고 무성해질 때
꽃의 눈물도 그렁그렁 무성했을까

감자가 키운 한주먹 슬픔에서 뽀얀 분이 난다

옥수수수염을 세는 밤

꽃이 활짝 피면
한 번쯤 무작정 뛰어내리고 싶어지지

흩어지려는 마음과
기어이 붙잡으려는 마음 사이로 손 내미는 바람

갈증이 묻어나는 손바닥
갈퀴 같은 마음에 발진이 돋는다

바람이 낳은 열매 빼곡한 비밀의 방이
푸른 천에 감싸인 채 돋아나는 곳

이곳으로 와볼래?

기다림으로 꽉 찬 적요(寂寥)의 방
이곳에 촛불을 켜주는 것은 옥수수수염이지

살면서 행복한 순간을 세어본 적 있니
슬펐던 날들은

아팠던 날들은

손가락으로 다 헤아릴 수 없는 것들은
손바닥 위를 맴돌다
손가락 사이로 흩어졌을 거야
마침내 사라졌을 거야

어디로 흘러갔을까
셀 수 없는 무수한 밤과 낮들은

비가 너의 머리를 적시고
사라졌던 밤과 낮의 눈빛, 얼굴을 내게 데려다주는데

비에 젖은 옥수수수염은 가늘고 긴 슬픔

어쩌지, 슬픔이 마르지 않은 옥수수는 딸 수 없단다

복도가 없는 빼곡한 방, 나는
너의 문 하나를 열고

문 하나를 닫고

그때마다 태양이 너의 머리카락에 올올이 입 맞추던 날들
을 떠올려

끝까지 닿지 못한 빛깔은 이쯤에서 지워야 하는 걸까
아무도 알려주지 않는다

누군가 이 질긴 그리움을 끊어내지 않는다면
너는 방에서 나오지 못할 거야

방 안으로 뽀얀 김 들어차고
하나둘, 열리는 문

옥수수수염을 세는 밤이 닫히고 있다

살구

장마철이었다

떨어지지 않고
붙어, 매달려 있을 수 있다면
한껏 뺨을 맞아도 괜찮을 것 같았다
뺨을 실컷 맞고서
해가 난 뒤에는 미련 없이 떨어지리라

그날도 마당에는 비가 떠내려가고 있었다
엄마가 실컷 나를 때려줬으면
그랬으면, 나도 힘껏 악다구니를 날렸을 텐데
엄마는 말없이 떠내려가고 있었다

후드득, 떨어지는 살구는 너무 익었다
아직 보송한 살구를 떼내어 한입 문다
조금 남은 신맛이 죄책감처럼 혀끝을 떠나지 않았다

봄바람처럼 부드러운 뺨을

세차게 내리치고 싶어지는 계절이었다

나를 대신해
누군가, 뺨이 붉어지는 젖은 오후였다

폭설

느닷없는 방문(訪問)은 무겁습니다
문이 잘 열리지 않네요

색(色)을 지우러 온 당신 걸음은
가슴을 짓누르던 꿈 같고

밤을 기다려야 하는 줄 알았지요
내 안의 얼룩을 다 지우기 위해서는

가을꽃들은 색을 벗기도 전에
당신 기척을 느꼈는지 고개를 숙이고 있었지요
헐벗은 목덜미를 훔쳐보는 사람 있는가 하면
고개 숙인 얼굴을 부러 들여다보는 이가 있습니다

모두가 궁금한 게지요
그의 색이, 혹은
당신의 색이 어디쯤 가고 있는지

모든 색이 뭉쳐지면 어둠이 시작됩니다

빛나는 슬픔을 가르쳐주느라, 눈은
우리에게 자신의 눈동자를 빌려준 걸까요

수액 속 물방울들이
당신 몸속으로 첫눈처럼 뛰어드는 밤
한 방울씩 천천히 다가오며
눈을 가득 채우는 눈물이 시렵습니다

돌아서면, 조금은 가벼워지고
조금 더 희미해지는 얼굴

흰빛마저 지우고 가는 걸음입니다

가슴에 얹힌 발자국이 무심히 발을 떼는 무렵입니다

한 그릇 고요 속에서 맨발로 춤을

쌀알 같은 눈발 날리더니
언제 열어두었는지 모를 창문으로 끓어오르는 눈

죽을 끓이는 것은 내가 아니라
겨울의 흰 손목이었나

겨울은 열린 창으로
붉고 푸르스름한 낯빛의 옆집 아이들까지 불러내
냄비 속에 풀어놓고 씻긴다

물이 따뜻해서 좋아요

밖에서 뛰놀던 아이들은 첨벙거리며 뛰어들고
쌀알은 점점 투명해지고
누구의 것인지 모를 몸은 뭉근하게 풀어져

아, 밖으로 돌아가고 싶지 않아요

기꺼이 한 몸이 되려는 듯

얼굴들은 즐겁게 사라지는데
끊이지 않는 이야기처럼 자박거리는 속삭임

내 집 주방에 날아든 겨울이
죽을 휘휘 젓고 있었다
오늘의 냄비 바닥을 가늠하면서

바닥에 눌어붙으면 안 되는데, 안 되는데
졸린 눈을 비비는 어린아이를 달래듯
바닥을 살살 달래가며
퍽, 퍽, 안에서부터 터져 나오는 비위(脾胃)를 다독이며

겨울이 죽을 다 끓이고 돌아설 때쯤 먼 곳에서 홍매가 도
착했다

그녀 손에 들린 한 그릇 고요 속에서
나는 맨발로 춤을 추고
꽃처럼,
아, 늙은 꽃처럼

베개

밤은 밖에 누워 있었고
나는 방 안에 누워 있었다
낯선 이와 같은 베개를 베고 누운 듯한 기분

가끔씩 등을 켜놓고 잠든 밤이면 나는
어두운 숲속에서 멀리 비치는 불빛을 더듬으며
길을 찾는 꿈을 꾸곤 했다

베개를 한 개, 두 개 포갰다가
나란히 붙였다가
결국엔 그 어느 것도 베지 않고 침대와 수평으로 누운 날엔
밤바다와 함께 잠드는 기분
파도가 내 몸을 만질 때마다 추웠다가, 더웠다가

결국 나와 함께 잠드는 것은 무엇인지 몰라
우두커니 앉아 있다, 섬 같은 책상으로 건너가곤 했다

표류하던 밤의 눈동자들 내 곁으로 모여들면

되레 집어등처럼 환해지던 슬픔들
하나둘, 해변에 누운 자갈들처럼 식어가고
혼자만의 잠꼬대도, 마당에 누운 단 하나의 돌처럼 식어

베개도, 나도
자신을 껴안으며 서로를 견디는 동안
어느새 가닿았던
아침노을 기슭

낯선 얼굴이 말없이 자라나

"너희가 보고 있는 저것들이,
돌 하나도 다른 돌 위에 남아 있지 않고
다 허물어질 때가 올 것이다"(루카 21: 7)

내가 모르는 돌들이 어디선가 나고, 그 돌들 자라고
돌들도 아프고
돌들도 마침내 죽고 말 텐데

미륵사지 석탑에 눈동자를 풍경(風磬)인 듯 매달고
소리만 베고 누운 돌무더기, 무더기
무너진 것들은 죄다 살붙이 같아서
허물어져서도 무거운 발등에 손을 얹는다

헛되고 헛되며 헛되고 헛되니 모든 것이 헛되도다*

눈먼 풍경(風磬)이 쌓아 올리는 혼잣말에 귀가 먼 당신은
돌의 옷을 빌려 입었나?

내가 만나본 적 없는 얼굴로 서서
눈과 코가 다 지워진 석인(石人) 속으로 스며들고
당신의 텅 비어가는 소매 끝에 매달린 나는
서쪽으로 자꾸 기울어져가는데

저기, 허공으로 까마득히 밀려오는
시간의 비늘
우리는 저 틈이 함부로 뱉어낸 돌이었을까
돌무더기 속에서 어깨를 들어 올려 천천히 솟아날

문은 닫아놔도, 열어놔도 그만
입구도 출구도 돌의 몸속에 있다

심주(心柱)는 아직도 밖이 궁금하지 않고

* 전도서 1장 2절.

익명의 임차인

자진해서 임차인을 구한 적, 단연코 없습니다만

나도 모르는 사이 떡하니 내 집을 차지하고 앉은 익명의 거주자

그가 원하는 곳은 구석진 골방, 피가 가장 늦게 도착하는 서늘한 곳

나는 낯가리는 사람이어서 다만 듣기만 할 뿐인데 말은 좀체 끊이지 않고, 잠은 쏟아지는데 그는 도대체 언제 일어서려나

그는 내 집에 살 권리가 있다는 듯 당당하기만 하고

왜 그는 자꾸 나도 모르는 안쪽으로만 들어가려 하나, 어둑한 그곳엔 찢어버린 질문들 바스락거리는데
그는 미로를 빠져나올 지도를 갖고 있을까

언제 쓰러진 줄도 모르는 나는 그가 또 찾아오면 내 방을

그냥 내주어야겠다 생각하고

내 집 한 귀퉁이가 무너지고 있는데
살아온 집 창문이 흔들리고
작은 바람에도 벽들은 몸살을 앓는데

이런 집도 상관없다는 듯
내 귀 안에 살고 있는 이 누구신가

한 송이의 몰(歿)

숫자 세는 법을 잊은 손가락은
마냥 꽃이 오길 기다리는 나뭇가지

삼 년 만에 수국은 단 하나의 꽃을 피웠다
가뭇한 기억 속, 낯선 얼굴

사라짐으로써
아름다운 모든 것에 의심을 심어준 사람
웃는다. 하나에 붙들리지 않는 빛깔로

묵었던 질문은 삭아 흩어졌는데
슬픔도 없이 파랗게 지저귀는 입술들

문 앞에 서서 여물어가는 대답을 기다린다

수건돌리기 하듯 꽃자리 옮아갈 때
넓어지는 의문의 잎사귀를 덮으며
고였던 시간, 몸을 푼다

확인되지 않은 몰(歿)

한 송이만 피어난 수국 까닭에
여윈 옆구리엔 시들었던 설움이 돋고

싱싱한 이별이 아름다워
곧 지워질 줄도 모르고
비를 맞으며
비에 젖어 보라가 온다

귀를 찾습니다

봄, 여름 내내 귀를 열어두었어요
꽃을 쫓아 귀는 팔랑거렸고 나비를 쫓아 그네를 탔고

밤이면 내 귀가 얼마큼 자랐나, 만지작대며 잠자리에 들
곤 했지요

문단속을 해야 하는 것이었습니다
귀는 한꺼번에 몰려든 꽃들에 취해
갈팡질팡, 봄날을 온통 탕진하더니
고아가 된 듯한 자신을 발견했지요
봄꽃들이 모두 한꺼번에 사라진 것입니다

그때부터 귓속에서 들리지 않던 소리가 들렸어요
무거운 봄비에 입맞춤도 못 하고 일별했던, 수수꽃다리
목소리인 듯했습니다
아니에요. 백목련이 부르는 소리 같기도 하고, 비에 찢긴
진달래 신음 같기도 한데
처음엔 하나씩, 나중엔 한꺼번에 쏟아져 내리는 것이었습
니다

아아, 여름날 그 긴 폭우처럼 말이에요

귀는 그새 얼마나 자랐냐구요?
대답하기 곤란하네요
붙어 있어야 할 귀가 사라졌거든요
이제 어떻게 귓속으로 들어가 온갖 소리를 끄집어낼까요

귀는 문을 닫고 사라졌어요
그 자리에 벽 하나가 돋아났어요

아, 도무지 잠이 오질 않습니다.
어디까지 갔을지도 모를 봄을 지금이라도 쫓아가야 할
까요

제 귀를 좀 찾아주세요
힘들면 꽃은 그곳에 놔두고 귀만 데려오세요
소리를 모두 털어낸 귀는 아마도 고요할 겁니다

제겐 그 귀가 필요해요

고요가 꽃가루처럼 묻은 귓바퀴를 만지며 잠들 수 있게
제발, 제 귀를 찾아주세요

귀가 제 자리를 찾고 나면 천천히 가볼게요
꽃들이 사라진 곳
조금 축축하고, 미열이 나는 그 길을
더 어두워지기 전에 나서볼게요

제4부

맨드라미

동백의 마음

누군가 말했지
입술 한 번 떼지 않고
봉오리째 떨어지는 것도

꽃잎 활짝 열어놓고는
미처 들어서지도 못했는데
툭, 떨어지는 것도

모두 동백의 마음이라고

허공에 손을 뻗친들
떨어지는 마음을 잡을 수 있나

허공 쪽으로 열린 문 앞에서
없는 문고리를 찾는다

맨드라미

꽃만 보았지
꽃만 보여서

줄기와 잎사귀에 얼비친 실핏줄은
집에 와서야 뒤꿈치를 보고 알았네

한발짝 뒤에 묻어오는 피의 이야기

꽃은 겹겹의 미로를 품고 있었네
누가 맨처음 그 붉은 길을 열었을까

미로는 미로라는 이름을 얻었을 뿐
미로 속에는 길만 있지
길만 보이지

뱀의 혀가 핥고 지나간 듯
허물만 남은 길은 저 혼자 일렁이고

너만 있지

너만 보이는 이 세상에서 잠시,
난 맨드라미 심장이 되어

소리채집가

어느 날인가 전화기 속, 당신의 발자국 소리를 뒤쫓았지
당신은 급히 어딘가로 가고 있구나
나는 이곳에 멈춘 채 당신을 배웅하고
멀어져가는 당신 발자국을 붙잡을 수 없어 손을 흔든다

언제부터 나는 소리채집가가 되었나
당신을 채집하는 동안 나의 시간은 멈춰버렸네

당신을 볼 수 없는 날이 쌓여갈수록
내 귀는 점점 무성해지고, 흔들린다, 흔들리며 지저귄다
기다림이 만들어내는 멜로디에 나는 혼자 젖는다

어떤 너머는 상심하기 좋은 언덕이어서
그곳엔 바람소리, 빗소리가 다 모여 있다 하고
내가 당신에게 보낸 목소리도 서성이고 있을 듯한데

당신은 언제부터 오고 있는 걸까
언제까지 오고 있을까

길은 정체될 뿐, 끊어지는 법 없고

당신은 끊임없이 내게로 오고 있는 중이고

발자국 소리는 멈출 줄 모르고

영혼의 필경사

처음은 누구에게나 외로운 것이어서
처음이 습관이 될 때까지 내내,
달렸다 텅 빈 운동장에 혼자 남은 기분으로

필사를 멈출 때마다
실핏줄 위로 튀어 오르던 것은
고독의 맥박이었을까

그냥 오는 비는 없어서
가파른 문장의 능선을 따라 꽃의 울음 하나둘, 피어나고

어둠이 푸르게 익어갈 무렵이면
꽃잎처럼 휘날리던 마침표 속에 서있었지

종이의 어깨에 입술을 포개던 무수한 나날

칠 년간 연필로 새겨 넣은 문장의 얼굴
그 낯익은 표정에서 번지는 향기

종이 위를 산책하던 영혼이 날개를 부비는 소리였을까

목수국 활짝 갠 아침 위로 쏟아지던
탈각(脫殼)된 울음

* 양철주 작가의 에세이집 『종이 위의 산책자』. 7년간의 '필사적 사랑법'
  에 관한 내용이 담겨 있다.

사서(死書)

나는 벌레가 싫은데
책상에 앉으면 먹이를 찾는 벌레가 된다
채 자라지 않은 벌레가 백지 위에 쏟아내는
또 다른 애벌레
제목 없이 떠도는 저것들은 누구의 사생아일까

그늘을 먹고 자란,
서로 엉켜 있는 그림자의 긴 손가락이
책장에 숨은 유령들의 목덜미를 잡는다
나란히 기대어 있던 어깨들이 무너진다

읽지 못한 책들이 버려진다
읽지 않은 책들이 버려진다
읽었으나 삼키지 못한 책들이 버려진다

우리는 숲으로 돌아갈 수 있을까,
집에서 쫓겨난 아이처럼 구겨진 얼굴로 묻는

죽음 앞에서 숲을 떠올리는 이는 나무에서 태어난 사람

색 바랜 단풍잎을 입에 물고 해맑게 웃는 얼굴

덮, 는, 다

탈락한 생을 상자에 밀어 넣자 일몰이 걸어와 함께 눕는다

숙주를 잃은 벌레들

때를 놓치지 않고 새카맣게 기어 나온다

나는 잽싸게 도망친다

먹이가 될 수 없는 벌레가

먹이가 되지 않겠다는 듯

'이름'이라는 디저트

책 무덤을 쌓았더니 이름들이 쏟아졌어
잘라낸 귀처럼 피가 돌지 않아 딱딱해진
내 입술에 묻은, 이빨에 걸린 이름들이 뒤엉켜 한꺼번에
쓰러졌지

레드우드 숲에 들어섰을 때 마침 빗소리가 들렸는데
모두 빨간 맛이라 해서 그냥 나왔어
등 뒤로 부러지는 빗소리만 수북이 쌓이고

내가 누군지 말해줄 수 있는 사람?
모두 어디에 숨은 거야
은빛 고사리를 달밤에 들고 다니면
나를 발견할 수 있을지도 모르는데

기다림 끝에 자기 이름을 삼킨 뒤의 그 어색한 맛이라
니……

아무 이름이나 불러내지 말랬잖아

자기를 부르는 줄 알고 죽은 어머니에게서 태어난 나무들*

그게 벌써 일곱 번째 자식이라네

쓰러진 어미 배를 찢고 태어난 나무 얼굴에선 피 냄새가 나

나뭇가지마다 다닥다닥 붙은, 죽음을 배웅하는 손바닥들

슬픔은 햇살 아래 훔쳐 먹을 때 제 맛이 돌지

공포와 향기가 엉킨 디저트를 혀에 올려놓고

우리는 우는 듯 웃어

웃음을 멈추게 하는,

울음을 멈추게 하는,

부드럽고 달곰쌉쌀한, 단번에 녹아버리는 '이름'을 먹어

* 뉴질랜드 레드우드 숲 속에 있는 일명 '어머니 나무'.

땅에서 자라는 무지개 때문에

— Eucalyptus Deglupta[*]

통증이 밀려온다

자라나는 시간이 붓질해놓은 아름다운 벽

내가 갖지 못한 비밀

두려움 없이 껍질을 벗을 수 있는 지점은 어디부터인 걸까

살기 위해 껍질을 벗는 것뿐이라는 듯

나무의 식욕은 죽음을 긁어모으는 갈퀴 언저리에서 빛난다

거센 불길 속에서도 살아남는 유칼립투스

나의 중심은 어디쯤에서 안전한 건지

다 타버렸다고, 이젠 쓸모없다고 사람들이 돌아설 때

심장 깊숙이 간직해둔 우물을 깨워

'물을 퍼 올린다'라고 적는데 왈칵 쏟아지는 눈물 따위라니

상처가 표정을 잃는 망각의 시간

낯선 곳에서 불현듯 깨어나는 무지개

낡은 노트 속, 묵은 언어는 흙을 닮은 낯빛이다

내가 적어놓은 문장에서도 새싹이 날까
남몰래 싹트는 새잎의 비밀 주머니를 몰래 열어보는 즐거움

숲을 다 태워버린 불 속에서도
끝내 타지 않은 중심에서 새싹이 돋는다

무수히 번져가는 신생(新生)의 불길을 갈아입은
이구아나, 숲을 가로지른다

* 성장하면서 벗겨진 나무껍질 부분이 시간차에 따라 다채로운 무지갯
빛으로 드러나며 레인보우 유칼립투스(Rainbow Eucalyptus) 외 많은 별
칭이 있다.

겹옷을 벗어놓은 꽃들이

　외로움을 껴입은 이들이 눈(目)에서 눈(目)으로 건너오는
동안, 겨울이 벗어놓은 겹옷이 한 귀퉁이에 쌓여 있어 건너
편에서 서두르는 발걸음은 한둘이 아니야 쌍받침처럼, 겹받
침처럼, 한꺼번에 몰려오는 꽃 발자국 소리

　화엄사 홍매 앞에 몰려든 사람들
　진짜 꽃을 보려면 더 깊숙이 들어가야 하는데
　모두들 문 앞에서 서성인다

　꽃 속에는 밟고 온 눈이 흥건히 녹아 있고
　꽃술들은 떨며 일어서려는 꽃의 발가락

　끊어졌던 길들이
　빈속에 파리했던 얼굴들이
　묵은 이끼를 먹고 꽃 속에서 살 오르는지

　수백 년 꽃의 시간이 출구를 찾지 못했나

누군가 흑매를 두드리고 지나간다

눈앞에 밀려왔던 것들은
홀연 사라질 때에도
끊어지고, 잃고, 밟고 같은 겹받침으로 사라지는 걸까

　어느 결엔가 울고, 웃고, 잊고 같은, 홑옷마저 벗어놓고
간 꽃잎들 읊는 누군가 있다

슬픔은 따뜻한 알을 낳고

어제는 당신에게서 슬픈 이야기를 들었다
잠자리에 들기 전, 서랍에 넣어두었지

밤새 슬픔은 따뜻한 알을 낳고
오늘은 그 알을 호주머니에 넣고 걸었어

가을 햇살마다 갈대 울음이 묻어 있었지
슬픔은 울음 곁에 두는 것이 맞으리
주머니 속 알을 꺼내 갈대 곁에 묻어주었네

만일 그 슬픔을 서랍 속에서 꺼내지 않았더라면

슬픔과 하나 될 수 있는 가능성을 버려둔 채
완벽한 혼자가 되기로 했어

다시 잠자리에 들면 오늘은
갈대 날아오르는 소리 들리려나

새의 날개 옆에

아직 꾸지 않은 꿈을 묻어두어도 될까

문

팔이 늘어난다
당신에게 닿기 위해 자라나는 팔, 손가락, 손톱들

손잡이에 손을 얹듯
당신의 살에 손을 대면 마치 문을 노크하는 느낌

들어가도 됩니까

어둠이 활짝 피고 나면 어둠은 다시 오지 않는 건지 묻고
싶어서

수련이 힘껏 다 피고 나면 여름은 꽃 그림자를 끌고 자신
의 무덤으로 간다는데 그곳에서 잠깐 졸다, 당신 목소리를
귀에 걸고 밖으로 걸어 나와도 됩니까

늪 같던 초록 웅덩이가 잿빛으로 내 발자국을 덮는 걸 돌
아보지 않아도 될까요

주춤거리며 스치는 손가락 끝에서

때로는 어두운 목소리가
때로는 명랑한 목소리가 마중 나오지만
문이 열리기 전, 나는 돌아서고 마는데

앞으로 내달리는 동안
밖이 아닌 안으로 달아나는 것 같아
멈춰 서면 그때서야 문 닫히는 소리

내가 다시, 당신을, 열어도 됩니까
대책 없이 길어진 팔과 손가락을 그만 여며도 될까요

내게 꿈틀거리는 계단을

뿌리가, 좀 젖었으면 해

구름이 걷어 올린 그물 속, 퍼덕이는 눈물 치어들

가슴으로 누르는 신호등

누군가 젖은 몸으로 내게 건너온다

여기는 빽빽한 어둠을 키우는 흙의 바다
북태평양에서 놀던 꽁치며, 오호츠크해를 달려온 연어야
수평선에 돋아난 윤슬을 물고 와 내 입에 넣어줘
젖으면 눈 뜨는 얼굴에 꿈틀거리는 계단을 걸어줘

손을 뻗어보지만, 짧기만 한 나의 영혼
너의 손이 조금 더 길어지면 안 되겠니?

부유하는 발가락들 사이로 일렁이는 숨결 엉킬 때
변덕스러운 애인처럼, 가까운 것은 가까운 것이 아니라고

멀리 있는 것은 먼 것이 아니라고 내게 말해봐

혼자서도 달아날 수 있도록
너 없는 곳에서도 나,
적막하게 꽃필 수 있도록
허공을 지우며 만개하는 나를
미래도 없이 껴안을 수 있을 때까지

아, 누군가 젖은 몸으로 밤새 내게 걸어와
뿌리가, 좀 젖었으면 해

느린 걸음의*

날개를 달고 싶니?
대답하려는 순간, 발뒤꿈치에서 뭉개지는

걷는 즐거움을 보여주는 산책자들
깃털이 묻어나는 발걸음

막 날개를 저으려 하는데
도미노처럼 허공에서 쏟아지는 계단
이걸 언제 다 일으켜 세우지

날아가는 새와 눈 마주친 적 없잖아
모빌처럼 새의 깃털을 창가에 몇 개 매달아놓았을 뿐
창가 쪽으로 걷는 동안 바닥으로 떨어지는 깃털

십오 분의 공연을 위해
밤새 새의 날개를 바느질했다는 누군가의 이야기

날개를 흔드는 게 누구의 힘이라고 생각하니?

극점을 보여주는 얼굴 앞에서도
언어의 독한 입내 속에서도
수년간 가수면 상태에서도
우린 살아 있어야 하잖아

느린 걸음으로, 보이지 않는 발자국을 찍으며
둥둥 떠다니는 계단을 천천히 올라야지
살아 있는 나날의 무덤을

* 완보동물(Tardigrada) : 영하 273도, 영상 151도에서도 생존할 수 있으
며, 생물에게 치명적인 농도의 방사성 물질 1,000배에 달하는 양에 노
출되어도 죽지 않는 동물.

기타 치는 눈먼 노인*

내가 들고 있는 것이 무엇이오

내 눈엔 기타가 보이질 않소
이 기타는 푸른색이라 하나
나는 푸른색을 모르오
다만 내 몸을 연주할 뿐이오
돛을 잃고 표류하는 창백하고 낡은 배 말이오

아직도 나를 끌고 가는 이것은 대체 무엇이오

자신이 만든 노래를 허공에 흩어놓는 그 구름이오?
아니면 살찐 청새치요?

나의 손가락은 부서진 파도가 되어 흘러왔다오
푸른 기타가 되고 싶었던 게지
그러나, 결국 무엇이 된들 무슨 상관이겠소
나는 다만 보이지 않는 것들을 연주하고 싶을 뿐이오

나의 손가락과 기타가 제법 어울리는 것 같소?

어떻소?
이제 와 내 몸이 기타가 되고
내 손가락이 기타줄이 된다는 것 말이오

내 앞에 지금 어떤 사물이 나타난 거요
내게 말해주시오
나의 기타가 무엇을 보여주는지 나 또한 궁금하오
유령처럼 다가와 내 몸을 흔들고 달아나는
이것은 대체 무엇이란 말이오

보시오, 나는 점점 기타가 되어가고 있소
푸른 기타는 나의 꿈을 꾸고 있소
굳은 사물들의 어깨를 만지며 우리 위로 날아가오

당신이 바라보는 그것, 그것을 믿으시오

푸른빛이 빠져나와 눈앞을 흘러가도
나는 알 수 없으니,
그러나 서운하지는 않소

흘러가는 것은 흘러가는 것
푸른 기타도, 나도, 다만 흘러갈 뿐이오

멜로디는 물과 같아서
나는 몇 번이고 익사하며 당신에게 건너간다오
눈 감은 채 건너갈 수 있는 곳이라면
그만 청새치는 버려도 되지 않겠소

보시오, 나는 점점 기타가 되어가고 있소
푸른빛이 깃든 멜로디가 당신 영혼을 적시는 밤이면
나의 노래가 도착한 것이려니 여겨주시오

그날은 아마 당신도 푸른 기타가 될 수 있을 것이오

당신 스스로를 연주하며 마침내 사라질 수 있을 것이오

* 파블로 피카소 작품명.

카오스모스의 시학

고봉준

홍순영의 시집은 네 개의 이질적 공간이 합쳐져 만들어진 건축물이다. 시집을 펼쳐들면 눈앞에 네 개의 방(房)이 차례로 나타난다. 그런데 이 방들에는 '히비스커스', '석류', '살구', '맨드라미' 같은 식물의 이름이 붙어 있다. 이것은 이 시집의 기본 성질이 식물성이라는 것을 의미한다. 가족사의 모티프와 사회적 상상력이 옅게 투영된 작품이 일부 포함된 2부를 제외하면 홍순영의 이번 시집에는 도시적인 삶과 문명의 흔적이 거의 등장하지 않는다. 이것은 도시적 삶을 배경으로 사물에 대한 새로운 해석을 시도한 첫 번째 시집은 물론이고 반복되는 일상의 질서 바깥으로 도약하려는 의지를 보여준 두 번째 시집의 세계와도 확연히 구분되는 특징이다. 그래서 대도시에서 태어나고 자란 세대, 그리하여 꽃과 나무보다는 도시의 화려한 불빛을 한층 따뜻하고 편안하게 느끼는 독자에게는 이번 시집이 더욱 낯설게 느껴질 수도 있을 것이다. 홍순영의 이번 시집에 등장하는 식물의 상당수가 소위 관조의 대상으로서의 자연이 아니라 파, 옥수수, 감자, 상추처럼 농작물이라는 사실은 흥미롭다. 추측건대 이번 시집의 식물성은 시인의 농경 체험에서 비롯된 것, 따라서 이것들은 관찰자의 객관적인 시선에 포착된 사물로서의 자연이 아니라 일상의 흔적에서 기원한 것처럼 보인다. 이런 점에서 이번 시집의 '식물성'은 삶의 변화라는 관점에서 이해되어야 할 듯하다. 삶의 변화는 언어와 상상력의 변화, 궁극적으로는 시의 변화를 초래한다.

홍순영의 시집에서 네 개의 공간이 드러내는 이질성은 비슷한 시기에 동시에 시도된 시적 경향의 차이라고 말할 수도 있지만, 삶의 변화에 따른 시적 변화의 스펙트럼이 한 권의 시집에 공존함으로써 발생하는 비(非)동시적인 것의 동시성이라고 말할 수도 있다. 먼저 「감자」라는 시를 읽어보자.

2
감자는 단단해야지
습기 많은 것들은 쉽게 상하지, 이렇게 말하면
축축한 입술 가진 감자 입은 바짝 마르고

단단한 감자마다 뭉쳐진 기억
땀에 젖은 이야기들이 날아간다

감자꽃 피자마자 다 따버린 사람들
식탁 위에서 무럭무럭 감자 얼굴로 피어나는데

씨눈마다 깨어나느라 맺힌 눈물
사람들은 눈치챘을까

씨눈에서 싹이 나고 잎이 나고 무성해질 때
꽃의 눈물도 그렁그렁 무성했을까

감자가 키운 한주먹 슬픔에서 뽀얀 분이 난다
—「감자」 부분

'감자'는 홍순영의 이번 시집에 가장 자주 등장하는 식물성이다. 이 시는 전체가 두 부분으로 구성되어 있다. 전반부는 씨감자를 밭에 심는 과정으로 시작해 "둥글게 살이 오"른 감자의 형상에서 "둥그레지고 싶은 마음"을 느끼는 장면으로 마무리된다. 가령 "몇 개의 씨눈을 품고 쪼개지는 마음"이나 "반으로, 또 반으로 나뉜다는 것"이라는 진술은 밭에 심기 전에 씨감자를 절단하는 과정을 표현한 것이며, "씨눈을 깨우려는 조바심"은 감자에서 싹이 올라오기를 기다리는 화자의 마음 상태를 표현한 것이다. 그리고 "굳은 흙을 밀어 올리는 새싹"은 본격적인 생장을 시작한 감자의 생명력을 가리킨다. 이처럼 감자의 재배 과정을 제시하고 있는 것으로 보아 시인은 감자 재배의 경험이 있는 듯하다. 이 시의 전반부는 "둥그레진 마음을 캐낸다/토실하게 잘 익은 마음을"이라는 진술로 끝나는데, 시인은 흙과 감자의 자연적 관계가 만든 감자의 둥근 형상에서 "둥그레진 마음"을 발견한다. 이처럼 시인은 자연적 질서에서 이상적인 삶의 태도를 추출한다.

시의 앞부분이 바람직한 삶의 태도라는 문제로 귀결된다면 뒷부분은 '눈물'로 표상되는 상처에 대한 공감의 문제로 귀결된다고 말할 수 있다. 여기에서 화자가 주목하고 있는 것은 "습기 많은 것들은 쉽게 상하지"라는 구절에서 암시되듯이 씨감자를 절단하여 말리는 과정이다. 알다시피 감자를 밭에 심기 위해서는 절단한 뒤에 그늘에서 말리는 과정이 필요하다. 이과정을 거치지 않으면 감자가 쉽게 썩기 때문이다. 시인은 감자를 말리는 이 과정에 '땀'과 '눈물' 같은 인간적 의미를 부여한다. 인간에게 감자의 수분은 없애야 할 것이지만 감자에게 그것은 "땀에 젖은 이야기"와 "씨눈마다 깨어나느라 맺힌 눈물"이라는 소중한 의미를 지닌다는 것이다. 이러한 인식은 감자꽃에 대해서도 마찬가지이다. 농민들은 감자에 꽃이 피면 곧바로 그것을 제거한다. 꽃이 피면 모든 영양분이 꽃으로 가기 때문에 씨알이 굵은 감자를 얻기 위해서는 재빨리 꽃을 따야 한다. 하지만 시인은 이러한 인간들의 태도가 못내 안타깝다. 식물, 즉 자연적 대상에 대한 시인의 이러한 태도는 시집의 후반부에 수록된 작품들에서 반복적으로 확인된다. 가령 「상추 아래 무릎을 꿇고」에서 화자는 지금까지 아무런 생각 없이 상추를 따 먹었으나 불현듯 "땀을 뻘뻘 흘리며 꽃대 올리는 상추"를 보고 눈물을 흘린다. 홍순영의 시에서 이러한 각성은 "오늘, 상추의 온 생애를/두 손으로 받아 모셔요"(「상추 아래 무릎을 꿇고」)에서 나타나듯이 인간-자연의 관계에 대한 반성과 성

찰로 귀결된다.

달을 만질 수 없어서
귤을 만진다

너는 노랗고 둥글다는 이유만으로
내게 와 달이 되고,
나의 손바닥에 붙들린 우주가 되고

이곳에서 차디찬 귤 하나를 들고
너의 이름을 부른다는 상상만으로
나는 둥근 목소리가 되지
허공에 뜬 비상구를 두고
너와 나는 가쁜 숨을 공유하지

달은 나날이 커지고

우리는 분명 저곳으로 사라질 수 있을 거야

분명하고 유쾌한 예언을 품고
하루를 굴리지
애써 말하지 못하는 눈사람이 되지

데구루루 굴러온 귤이 눈앞에 수북이 쌓이고
달은 하나, 둘, 셋……
아아, 이토록 많은 너와 나의 날들이라니
　　　　　　—「귤과 달과 그토록 많은 날들 속에서」 전문

「감자」와 「상추 아래 무릎을 꿇고」가 자연적 대상을 인간의 태도와 윤리 문제로 전유하는 세 번째 방('살구')의 특징을 잘 보여준다면, 「귤과 달과 그토록 많은 날들 속에서」는 자연적 대상을 시적으로 전유하는 첫 번째 방('히비스커스')의 독창적인 면모를 잘 보여준다고 말할 수 있다. 홍순영 시의 소재는 자연적 대상이나 일상적 사물의 범위를 벗어나지 않는다. 하지만 시집의 1부('히비스커스')에서 그것들은 일상적 층위에서 비일상적 층위로 재배치되는 방식으로 전유된다. 이 시에는 '달'과 '귤'이라는 두 개의 자연적 대상이 등장한다. 여기에서 '달'은 "만질 수 없어서"라는 진술에서 확인되듯이 시인의 일상적 범위를 벗어난 곳에 존재하는 사물이고, '귤'은 "만진다", "차디찬 귤 하나를 들고"라는 표현처럼 시인의 일상에 속해 있는 자연적 대상이다. '달'이 천상적·초월적 세계에 해당한다면, '귤'은 지상적·일상적 세계에 속한다고 말할 수 있다. 두 대상, 즉 두 세계는 불연속적인 관계이다. 전설이나 신화에 따르면 두 세계가 연결되어 있던 때도 있었지만 오늘날 그러한 연속성은 더 이상 현존하지 않는다. 시인은 이러한 불연속성이라는 현실적 조건 속에서 두 사물을 인식한다.

'달'과 직접적으로 접촉할 수 없어서 '귤'을 만진다는 발상에 주목하자. 이 진술에서 일상적 세계에 속한 '귤'은 화자를 '달'로 표상되는 천상적 세계와 이어주는 매개체이다. "이곳에서 차디찬 귤 하나를 들고/너의 이름을 부른다는 상상만으로/나는 둥근 목소리가 되지/허공에 뜬 비상구를 두고/너와 나는 가쁜 숨을 공유하지"라는 진술에는 이처럼 '귤'이 상징적인 대상이라는 의미가 함축되어 있다. 홍순영의 시에서 시적 상상을 통해 두 세계 사이에 연속성이 구축되는 장면에는 종교적인 맥락이 개입하고 있는 듯하다. 그녀의 시에서 경계를 넘어서는 것, 그리하여 다른 곳으로 건너가는 것은 "우리가 바다를 건너지 못하는 이유는/자신이 아직도 사람이라 믿기 때문"("나는 아직도 사람이어서」)이라는 신부(神父)의 말에서 드러나듯이 단순히 공간적 이동의 문제가 아니다. 홍순영의 시에서 자주 목격되는 '문', '벽', '경계', '출구' 등의 모티프는 월경(越境)을 함축한다는 점에서 하나의 계열을 이룬다. 하지만 이 시에서 '달'과 '귤'은 종교적 인식이 아니라 "노랗고 둥글다"라는 이미지적 사유에 의해 연결된다. 요컨대 시인은 형태적 유사성에 기초하여 '달'과 '별' 사이에 연속성을 부여하고, 그 유사성에 근거하여 "둥근 목소리"와 "눈사람" 같은 둥근 이미지의 계열을 제시하고 있다. 즉 이 시에 '눈사람'이라는 낯선 대상이 등장하는 이유는 원형(圓形)이라는 지배적 이미지가 시를 관통하고 있기 때문이다. 이러한 전개 방식을 이미지적 사유라고 말해두자.

내가 만일 흰빛에서 푸른빛으로 건너가는 중이라면
너는 어디쯤에서 날 기다리고 있을까
빛의 세계에도 국경이 있을까
눈을 감는다
있는 국경은 사라지고
없는 그곳이 돋아난다

비밀을 품고 달려온 파
하얀 건반 위에서
파, 가쁜 숨을 토한다.
네가 건반을 누를 때마다 봉긋 솟는 꽃
너와 나의 웃음이 동그랗게 매달렸다

파의 정수리에서 만개하는 우주

들숨과 날숨이 오선지에 매달려 그네를 탄다
파의 씨앗들이 건반 위로 쏟아진다
파! 파! 파! 폭발하는 우주

…(중략)…

아무리 벗겨도 너에게로 가는 길 보이지 않고
매운 내만 내 곁에 자욱한데
너는 어디쯤 오고 있니
안개 자욱한 국경에서 나 헤매는데

눈을 감은 채 파를 자른다
파의 국경을

—「파의 국경」 부분

  화자는 '파'를 다듬고 있다. "한 겹 껍질을 벗긴다"나 "벼려진
칼날" 같은 표현을 고려하면 화자가 칼을 이용하여 껍질을 벗
긴 후 파를 썰고 있음을 짐작할 수 있다. 그런데 이 시에서 '파'

는 자연적 대상이나 생명력의 응집체로서의 자연으로 등장하지 않는다. "내가 만일 흰빛에서 푸른빛으로 건너가는 중이라면"이라는 첫 행의 진술이 보여주듯이 시인에게 '파'의 몸체를 구성하고 있는 '흰빛'과 '푸른빛'은 '국경'이라는 완전히 새로운 의미로 전유되고 있다. 여기에서 '흰빛'과 '푸른빛'은 서로에 대해 이질적인 세계를 의미하며, 화자는 '파'의 형상에서 "없는 그곳"으로서의 국경이 생기는 장면을 본다. 그런데 2연에서 '파'는 자연적 대상에 머물지 않고 "하얀 건반 위에서/파, 가쁜 숨을 토한다."라는 진술처럼 피아노와 연결된다. 이것은 「귤과 달과 그토록 많은 날들 속에서」에서 이미지적 사유를 통해 '귤'과 '달'이 "눈사람"과 연결된 사태와 동일하다. 다른 점이 있다면 「귤과 달과 그토록 많은 날들 속에서」에서는 원형(圓形) 이미지가 '귤—달—눈사람'을 하나의 계열로 만든 반면, 「파의 국경」에서는 '파'라는 시각적 기호의 동일성이 그 출발점이라는 사실이다. 그러니까 시인에게 '파(Welsh onion)'는 자연적 대상이 아니라 '파'라는 시각적 기호로 인식되었고, 이러한 인식의 논리에 따라 그것은 동일한 발음의 음이름인 '파'와 연결된 것이다. 요컨대 시인은 자연적 대상인 '파(Welsh onion)'와 기호의 시각적 동일성에 근거하여 그것을 음이름 '파'로 전유하는 과정을 반복함으로써 이 시에 등장하는 '파'라는 기호가 단일한 기호로 해석되는 것을 의도적으로 방해한다. 이것은 '파(Welsh onion)'와 음이름 '파'를 교차하는 방식으로 배열하는 장면에서 분명히 드러난다. 가령 3연에서 화자가 "파의 정수리에서 만개하는 우주"라고 말할 때 그것은 '파(Welsh onion)'의 형상에 대한 시적 해석이지만, 4연에서 "파! 파! 파! 폭발하는 우주"라고 말할 때의 '파'는 '오선지'와 '건반'으로 표상되는 음이름 '파'이다. 이러한 기호적 중의성은 5연에 이르러 새로운 국면에 접어든다.

전반부에서 '파'는 하나의 기호처럼 취급된다. 그것은 식물성의 자연적 대상과 음이름이라는 두 가지 방식으로 활용됨으로써 시적 모호성의 효과를 낳았고, 시각적 동일성에 근거한 대상의 전유는 '파'라는 기호를 단일한 방식으로 해석하지 못하게 만드는 효과를 낳았다. 하지만 시의 후반부(5~8연)에서 '파'는 '껍질'이라는 또 다른 기호와 연결됨으로써 사실상 '파(Welsh onion)'에 대한 기호로 구체화된다. 여기에서 '파'는 '건너간다'라는 서술어와의 특별한 관계, 즉 '건너간다'의 주체로 간주된다. 그런데 1연에서 '건너간다'라는 술어가 '흰빛'과 '푸른빛'의 관계로 한정되었다면, 5연에서 그것은 색깔의 세계에서 벗어남으로써 한 단계 추상화된 형태로 등장한다. 그러니까 1연에서의 월경(越境)이 '파'의 '흰빛'과 '푸른빛' 사이의 경계, 즉 국경을 넘는 문제였다면, 5연 이하에서 월경(越境)은 "아무리 벗겨도 너에게로 가는 길 보이지 않고"라는 진술처럼 색깔이 아니라 '나-너'의 관계에 대한 문제이다. 이러한 설정은 "눈을 감은 채 파를 자른다"라는 표현에서 암시되듯이 "매운 내"로 인해 손질하기 어려운 '파'와의 거리감을 표현한 것으로 추측된다. 하지만 '파'라는 일상적·자연적 대상을 이런 방식으로 전유함으로써 시적 대상에 새로운 감각을 부여하는 방식은 자연

적 대상에 대한 윤리적 태도가 두드러지는 후반부의 경향과는
확연히 구분되는 특징이다.

낯익은 목소리가 매달린 창문이 열린다
사과 속으로 바람이 불어오고
빗방울이 들이치자 달콤하고 우울한 즙이 만들어진다
사과 속에는 자라다 만 이빨 자국이 있고
새의 울음이 새도 모르게 저장된다
새는 어떤 이유로든 죽어가고 있으므로
노래는 아름답지만, 사과는 안에서부터 부패한다
왼쪽과 오른쪽으로 나뉜 가슴
양쪽의 무게를 알 수 없다는 것이 함정
사과는 자신의 한쪽 가슴을 창밖으로 내어놓는다
빛에 내어준 넓이와 깊이만큼 가슴이 익는다
무르익는다는 것은 정말 좋은 일일까
닫혀 있는 반쪽 가슴이 조금 더 어두워진다
창문은 죽지 않고 낡아갈 뿐이어서
창문틀에는 늘 벌레가 꼬이고
거미줄은 사과 배꼽에서 자란다
창문을 닫는 것은 그 누구의 의무도 아니어서
사과는 밤새 혼자 앓는 소리를 낸다
창문의 역할이란 빛과 어둠을 편식하지 않는 것
착한 식습관이 얼룩진 사과의 얼굴을 만든다
열린 창문은 권태로운 사과의 날개가 되고
사과는 창문 밖으로 뛰어내린다
허공 속에서 사과는 점점 팽창하고 창밖은 모두 사과가 된다
사과 속에서 창문이 닫힌다

안쪽을 기웃거리던 누군가의 그림자가 달라붙은 창문은

사과를 키우던 기억과 목소리를 잃고 잠이 든다

비대해진 사과 속에서 자라다 만 이빨이 한꺼번에 쑤욱 솟는다

　　　　—「사과는 사과가 아니고, 창문은 창문이 아니어서」 전문

　이번 시집의 1부에 배치된 작품들은 자연적 대상을 탈영토
화하여 사실상 비(非)자연적 대상처럼 취급한다. 이러한 특징
은 홍순영의 시가 전통적인 서정, 또는 자연에 대한 단순한 긍
정과 예찬으로 환원되지 않는다는 의미이다. 특히 시집의 앞
부분에 배치된 작품들은 자연적 대상을 다양한 방식으로 전유
함으로써 시가 자연적 대상에 대한 감각적·지적 해석일 수
있음을 보여주는데, 이러한 시적 전유 방식은 자연적 대상에
서 익숙함을 걷어내어 대상에 대한 새로운 감각을 제시한다는
점에서 주목할 만하다. 앞에서 살핀 「귤과 달과 그토록 많은
날들 속에서」나 「파의 국경」이 자연적 대상의 자연적 특성을
일부 탈각시키는 방식으로 대상을 전유한 작품이라면 「사과는
사과가 아니고, 창문은 창문이 아니어서」는 사실상 자연적 대
상을 완전히 인공적인 대상으로 변조했다는 점에서 예외적인
사례라고 말할 수 있다. 「사과는 사과가 아니고, 창문은 창문
이 아니어서」라는 제목에서 이미 선언되고 있듯이 이 시에서
'사과'는 자연적 대상인 '사과'가 아니며, 마찬가지로 '창문' 또
한 우리가 익숙하게 알고 있는 건축물의 일부로서의 '창문'이
아니다. 그러므로 이 시에서 '제목'은 시인이 보여주고자 하는

궁극적인 결과의 일종이자 이 시를 읽는 방법을 친절하게 안내한 이정표라고 말할 수 있다.

벨기에의 초현실주의 화가 르네 마그리트의 작품 중에 〈이미지의 배반(The Treachery of Images)〉이라는 작품이 있다. 이 작품에는 전통적인 재현의 관습에 따라 그려진 파이프 형상 아래에 '이것은 파이프가 아니다(Ceci n'est pas une pipe)'라는 문장이 적혀 있다. 프랑스의 철학자 미셸 푸코는 『이것은 파이프가 아니다』라는 책에서 이 작품의 의미를 모방과 재현을 통해 시각적 환영을 일으키는 것을 목표로 삼았던 회화의 전통적 원리에서 벗어난 것에서 찾았다. 실제로 마그리트 또한 이 작품을 통해 회화가 대상을 재현하는 것이라는 관습에서 벗어나고자 했다. 이렇게 보면 '이것은 파이프가 아니다'라는 문장에는 이 그림은 파이프가 아니라 '파이프 그림'이라는 간명한 주장이 담겨 있다고 말할 수 있겠다. '파이프'와 '파이프 그림'은 같은 것이 아니다.

이 시에 등장하는 두 개의 부정문('사과는 사과가 아니다'와 '창문은 창문이 아니다')이 강조하려는 것도 이와 무관하지 않다. 먼저, '사과는 사과가 아니다'라는 문장은 르네 마그리트의 세계로 들어가는 주문(呪文) 같은 것이다. '사과'는 마그리트가 즐겨 사용한 소재 가운데 하나이다. 실제로 포털 사이트에서 르네 마그리트의 작품을 검색하면 이 시의 모티프가 된 사과 그림을 쉽게 찾을 수 있다. 마그리트의 작품을 원용한 이 작품의 주요 소재는 '사과'와 '창문'이다. 시인은 '사과'와 '창문'을 강조함으로써 마그리트의 〈청취실(The Listening Room)〉에서 모티프를 가져왔다는 사실을 알려주고 있다. 마그리트의 초현실주의는 데페이즈망(dépaysement)이 특징이다. 전치(轉置)라고 번역되는 데페이즈망은 특정한 사물을 엉뚱한 공간/환경에 배치함으로써 일상적인 사물의 세계에서 익숙함을 제거하는 것, 즉 일상적 관계에서 사물을 추방하는 낯설게 하기의 일종이다. 마그리트의 〈청취실〉은 '사과'와 '창문'이라는 두 개의 사물을 이용하여 그것을 보여준다. 방을 가득 채우고 있는 거대한 사과를 바라보면서 사람들은 익숙한 사물이 낯설게 느껴지는 경험을 하게 되는 것이다.

사물에 대한 이러한 전치는 시인이 수행하는 작업과 크게 다르지 않다. 「귤과 달과 그토록 많은 날들 속에서」와 「파의 국경」 같은 작품에서 시인이 일상적인 사물을 대상으로 수행한 작업도 바로 그런 것이기 때문이다. 예컨대 「귤과 달과 그토록 많은 날들 속에서」는 '귤'과 '달'이라는 지극히 일상적인 대상에 비일상적인 의미를 부여할 때, 그리하여 그것들을 일상적 관계 바깥으로 끄집어낼 때 시가 시작됨을 보여준다. 마찬가지로 「파의 국경」이 흥미로운 작품으로 평가되는 이유는 '파'라는 일상적인 대상/사물을 비일상적인 관계 속으로 가져오기 때문이다. 이러한 전치의 과정에서 '파'는 이미-항상 음식의 재료라는 본래의 맥락을 벗어난다. 예술의 영역에서는 "진실을 보는 한 가지 방법은 대상을 전에 한 번도 본 적이 없는 것처럼, 익숙한 것을 에니그마처럼 보는 것이다."(가이 대븐포트)라는 말은 진리이다.

「사과는 사과가 아니고, 창문은 창문이 아니어서」는 '창문'이 열리는 장면으로 시작된다. 이 장면은 지금까지 존재하지 않던 세계가 시작된다는 의미이다. 또한 이것은 이 시가 마그리트의 작품의 언어적 재현이 아님을 의미한다. 시인은 마그리트의 작품에 등장하는 창문을 열려 있는 것으로 설정함으로써 그 세계를 더 밀고 나간다. 열린 창문이 바로 그 출발점이다. 창문이 열리면 어떤 일이 생길까? '바람'이 들어오거나 '빗방울'이 들이칠 수 있을 것이다. '새'가 날아들어 사과를 쪼는 일도 발생할 것이다. 마그리트의 〈청취실〉에서는 사과가 공간을 가득 채우고 있고, 왼쪽 벽면에 창문이 존재한다. 따라서 창문으로 흘러든 햇빛이 반사되는 사과의 왼쪽은 밝게 빛나고, 햇빛이 닿지 않는 오른쪽은 어두운 색감으로 처리되어 있다. 시인은 이러한 모습을 "왼쪽과 오른쪽으로 나뉜 가슴"이라고 표현한 듯하다.

그런데 회화에 기초한 이런 설명에서는 햇빛이 능동적인 요소이고 빛을 받아 반짝이는 사과는 수동적인 요소이다. 반면 시인은 "사과는 자신의 한쪽 가슴을 창밖으로 내어놓는다"라고 표현처럼 햇빛과 사과의 관계를 역전시킨다. 이 역전된 관계가 극점에 도달한 것이 바로 "사과는 창문 밖으로 뛰어내린다/허공 속에서 사과는 점점 팽창하고 창밖은 모두 사과가 된다"라는 진술이다. 마그리트의 데페이즈망이 일상적 대상을 비일상적 관계에 위치시키는 낯설게 하기라면 시인은 '사과'

자체에 창밖으로 나아가려는 의지와 욕망을 부여하고 있다. 이 욕망의 출발점이 공간을 가득 채우고 있는 사과의 형상을 팽창시키고 있다고 느끼는 것이다. 마그리트의 사과와 달리 홍순영의 '사과'는 고정된 대상이 아니라 팽창하는, 그리하여 제한된 공간의 바깥으로 뻗어나가려는 욕망의 주체이다. 시인은 이러한 사과의 욕망이 마침내 창밖의 세계, 즉 세상을 가득 채우는 장면을 상상한다. "허공 속에서 사과는 점점 팽창하고 창밖은 모두 사과가 된다"라는 진술이 그것이다. 이때 사과와 창문의 관계는 완전히 역전된다. 이제 '창문'은 사과를 가두고 있는 공간의 일부가 아니라 "사과 속에서 창문이 닫힌다"라는 표현처럼 '사과=세상'의 일부가 된다.

경사진 밭 가득, 잡초 이름이 피어 있었다
개망초와 바랭이, 방동사니 곁으로 박주가리가, 환삼덩굴과 칡
넝쿨이

친애하지 않는 것들의 목록이 길고 또 길었다

사람들이 길을 찾아 거리를 헤맬 때마다
잡초들은 몰래 그 길들을 훔쳐왔을까
일주일 새 너무 많은 길들이 우르르 피었고
사람의 길은 다 지워졌다

내 길은 어디 가서 찾아야 하지

나도 그들 이름을 지워버렸다
때로 지워야 보이는 것들이 있으니까

이름표를 잃어버리자 알 수 없는 물고기가 된 것처럼
그곳엔 이름 없는 풀로 태어난 풀만 남았다

…(중략)…

풀의 이름도, 길도 사라진 곳에 피어난
한 무더기 붉고 흰 우주
정수리를 건드리는 잠자리 날개

내 발은 어느새 코스모스 쪽으로 방향을 틀고
　　　　　　—「카오스 옆집에는 코스모스가 산다」 부분

이 시는 자연적 대상에 대한 시인의 사유를 '카오스'와 '코
스모스'라는 단어를 통해 표현하고 있다. 시인에게는 "경사진
밭"이 있다. 그런데 불과 일주일 사이에 그 밭에 "친애하지 않
는 것들의 목록"인 잡초가 잔뜩 피었다. 무성하게 자란 잡초 더
미가 "사람의 길"을 모두 지워버린 상황, 시인은 길이 사라진
이 풍경 앞에서 '길'에 대해 생각한다. 시인이 가장 먼저 떠올
린 것은 "내 길은 어디 가서 찾아야 하지"라는 진술처럼 인간의
'길'이다. 그런데 "일주일 새 너무 많은 길들이 우르르 피었고"
라는 표현에서 확인되듯이 무성하게 자란 잡초가 밭을 뒤덮은
것은 인간의 길이 지워진 소멸의 사건이면서 동시에 비(非)인

간 생명체가 만든 또 다른 길들이 생겨난 생성의 사건이라고 말할 수 있다. 인간의 길이 경작의 효율성을 높이기 위해 잡초를 제거하는 코스모스의 길이라면, 인간의 노력을 수포로 되돌리며 등장한 자연의 길은 카오스의 길이라고 말할 수 있다.

홍순영의 시에서 코스모스(질서)와 카오스(무질서)는 대립적 관계에서 비대립적 관계로 진화한다. 이름을 "지워야 보이는 것들", "이름표를 잃어버리자 알 수 없는 물고기가 된 것"이라는 표현에서 확인되듯이 세상에는 이름, 즉 기존의 질서를 벗어남으로써 비로소 보이는 것들이 존재하기 때문이다. "그곳엔 이름 없는 풀로 태어난 풀만 남았다"라는 진술이 말하고자 하는 것이 그것이다. 요컨대 전반부(1~4연)에서 인간의 길과 자연의 길이 각각 '코스모스'와 '카오스'라는 개념으로 대립한다면, 중반부 이하에서 인간과 자연, 코스모스와 카오스는 대립적 개념으로 제시되지 않는다. 이러한 인식의 변화는 시인, 아니 예술의 존재 이유와 연결된다. 세상에는 견고한 질서(코스모스)로 인해 보이지 않는 것들이 존재하며, 예술은 그것들을 감각할 수 있는 것으로 만드는 행위이다. 9연에 등장하는 "풀의 이름도, 길도 사라진 곳에 피어난/한 무더기의 붉고 흰 우주"가 바로 그런 것이다. '이름'이 사라졌다는 것은 인간과의 관계를 벗어났다는 의미이다. 이때의 우주(comos)는 인간적인 질서(cosmos)의 바깥, 그렇지만 온전한 무질서(chaos)는 아니라는 점에서 카오스모스(chaosmos)이다. 카오스모스는 창조적 재계열화를 통해 새로운 질서가 생성되는 사건이다. 그렇다면 마지막 행에 등장하는 '코스모스'의 정체는 무엇일까? 여기에서 시인은 '코스모스'라는 대상을 등장시켜 독자의 시선을 다른 방향으로 유도하고 있다. 질서를 뜻하는 '코스모스(cosmos)'와 국화과에 속하는 식물인 '코스모스' 간의 음성적 동일성을 활용함으로써 의미를 불확정적인 상태로 만들고 있다. 하지만 여기에서 '코스모스'는 바로 직전에 등장하는 "잠자리 날개"와 연결되어 계절의 변화를 나타내는 기호로 이해된다. 즉 계절이 여름에서 가을로 이동하고 있음을 알려주는 기호인 것이다.

홍순영의 이번 시집의 특징은 '자연'에 대한 이질적인 감각과 경향이 공존하고 있다는 점이다. 한편에는 자연적 대상을 창조적으로 재계열화하는 비일상의 미학이 자리하고 있고, 다른 한편에는 자연의 생명력을 예찬하고 그것에서 삶의 윤리를 이끌어내는 일상의 미학이 있다. 이번 시집에서 전자의 경향은 주로 전반부에, 후자의 경향은 주로 후반부에 배치되어 있다. 이러한 차이는 결코 단순하지 않아서 어떤 경향을 중심으로 읽느냐에 따라 시 세계를 전혀 다른 방식으로 이해하게 된다. 이것을 이질적 경향의 공존이라고 말해야 할까, 아니면 시적 경향이 변화하고 있음을 보여주는 증거라고 말해야 할까? 이 물음에 대한 대답은 다음 시집에서 확인될 듯하다.

高奉準 | 문학평론가 · 경희대학교 교수